白日窓

一方井亜稀

思潮社

白日窓

一方井亜稀

思潮社

目次

装幀　思潮社装幀室

白日窓

失われた住居

部屋には名前がついていた
ありとあらゆるところから
藻が生えている
空き地にひとつの草は生え
修復されない窓から
入り込む無数の線
花を捉える光が風に触れ
のつなぎ目から
ほつれた

維管束の
はぐれた残像の
記憶と
カテゴライズされてしまった
呼気と
くちびると
空の間を測れずに
倒れた花束を
瓦礫と黙認する
誰もいない食卓の
白い花瓶
白い皿
白いフォーク
白いスプーン
欲望の押し込められた

視界が猥雑になってゆく
床から壁を伝い
の境は何処からくるか
目はひたすら蔓を追い
背表紙の折れた
ぱっくりと割れた先から
種が落ちる
ひとつの空洞へ
修復されない窓から入り込む無数の線が
鳥の羽ばたきに遮断され
意識はほつれる
疾うに
水漏れの音がする
濡れた一棟の書棚を
森と名指すにはあまりにも稚拙な

コンクリート
名前がない

矩形の部屋

擦れたアイボリーを
白と言われて育った
目覚めたら
靴紐が解けている
白がない
と明示される部屋に光が射し
昨日まで名指されていた何ものかがないことに
気付かないまま開かれる窓の
カーテンが揺れる

影がさ迷う壁はアイボリーに塗りたくられ
意識はレールに沿ってゆく
のか
雨垂れが
縒れた洗濯物へ滲み
誤植と言えば済む一日と
白紙の上に刻まれてゆくノイズ
擦れたスニーカーをもはや白とは呼ばない
鈍い頭痛とともにドアを引く朝の
半身から解ける感覚は何か
影を踏み
壁が白い
ことに気付く舗道の
転がる静寂を
何と名指した

歩けるか
逸れてゆく舗道を
光の射す
文字は解けない
目の前は
整然としたまま
塗りたくられてゆく
ガードレールの
暗示として潜む
アイボリーが明滅しては

越境前

水浸しの部屋は古い地図をかかえ
かつての住居だった
窓の外からは聞き慣れない言語
台所とリビングの境は曖昧に
散らばった魚の鱗
点と点をつないで
その鮮やかな手つきで折られていく
舟を見送ったこともあった
壁の向こう
波音が聞こえ

ふれる先から巻き取られていくコードの
ショートする
先の国境線沿い
動員された夥しい言語を吐き出し舌は
見境もなく海にほどけた
語られたことのない輪郭を語るために手のひらは
墜落する序詞をひたすらなぞるが
雨上がりの光は
廃墟を廃墟のまま照らし
通過するトラックに記された土地の名を知らない
発音さえもままならない落差のために
水たまりは鏡像すら映す間もなく
蒸発する
流暢に話される知らない言語に
背後から巻き取られていく

窓

テーブルの上で冷やかされてゆくコップの
滴をなぞる
指の先を辿る視線で
水はいつまでも飲み干されることがなかった
屈折する光が
朝を照らす
閉ざされた窓に雨粒のひとつも打ちつけはしない
輪郭は頑なに形状を保ち
外される視線の

イメージだけが舞い上がっては
干上がってゆく舌
カプセルはばら撒かれたまま
効能はとうに忘れられた
先に
垂れ流されるテレビの
音は限りなく絞られたまま
どんなポーズも無効であることを告げる
たやすくスイッチが切られた
白熱球の上を
埃が舞い上がっては
誰もが動き始める朝
交差点を指の腹で拭い去り
拭い去っては朝の光に溶かす
見下ろす先の水は微かに揺れたまま

交差点を渡る人の姿が
窓の向こうに確認される

room1

〈窓〉

「呼び名の解消」ということが声高に叫ばれていた。窓枠に蝶の羽がこぼれ落ちてゆくのが見える。南東。矩形の外部から逃れるために覆うカーテンによって少しずつ崩落してゆく記号は舌の上でまだ温もりを保ち、辛うじて声になることを欲していた。欲情、しないアイボリーのカーテンに叩き付けられた嗚咽はしみったれた過去。それらが確認されるたび窄まる舌の上にもはや記号は存在せず消された名前。つまり溶けたバターを摂取する日々のはじまり。

〈天井〉

蛍光灯は明滅を繰り返し、３００ルクス。青白い顔をして鏡に映る身体を映す。毎朝かき交ぜるスプーンから滴る優越を指に絡ませ、牛の匂いがする。爪垢を孕ませたまま洗面台の蛇口を捻り、スプリンクラー、脱力した記号を濡らす。向こう側の空の色は知らない。付属するはずの音階もまた、

〈壁〉

背骨を伝って流れる音を何と呼べばいいのか。昨日は一日テレビを見ていた。軟体動物が左から右へただひたすら流れていった。名前が分からないから呼び方を知らない。何もかも学んだはずなのに何もかも溶けてしまった夏、の暑さのせいだ。よく育つ観葉植物に首を掴まれ叩き付けられた先のモルタル。はずみでしゃっくりは止まらず壁紙のアイドルが震えている。唯一のアイコンにもまた吐息しか投げかけられない。

備考1

表札のある部屋は必要でしょうか。
ポストに差し挟まれる郵便物は数字を頼りにしています。
ピザのチラシ美容室のチラシ物件寿司居酒屋マンションに到っては無差別です。
表札はなくても平気ではないでしょうか。
隣家があることによりその存在は証明済みです。

room2

〈床〉

内側が腐ってきているということは、床の軋み具合からも確認出来る。「呼び名の解消」は身体の喪失つまりは肉体によって証明されるだろう。非空間を明示するものは嗚咽によって、軋む床をなぞる行為は身体から振り分けられる肉体によって、這う、這い蹲る、その先に辿り着いてしまうレール。ベランダと部屋を分かつ窓が滑ってゆき、閉じられた光が再び眼の奥へ侵入する時、解除されたはずの身体が浮かび上がる。指先でそっと腕をなぞる、触れる、ことによって物質は肉と知覚され、知覚されることにより触れる指先が渦を巻く。風だ。窓から吹くささやかな風が滴る汗をなぞってゆく。

備考2

転居が試みられたことは一度となく、閉め切られた窓から内部の様子を伺うことは一切出来ない。ただ視線を介在させることによって、他人の部屋との差異は明確になってゆく。

room3

〈器官〉

窓・天井・壁・床。大方それらは皮膚であると断言出来る。ドアを潜ると右手にキッチン冷蔵庫を過ぎ奥にリビング左手に寝室。テレビは南向きの窓から影に位置し、テーブルにはポット・灰皿・シュガー・飲みさしのコーヒー・薬の瓶。しかし今となってはそれら全てに名前がない。スーパーあるいは家電量販店でそれらが目撃された時、名前は確かにプライスカードにさえ堂々と刻まれていたというのに、今となっては部屋の一部だ。肉体の延長だ。確固たる内部だ。昨日から、滴るバターが境を溶かした。呼ぶ声が聞こえなかった。見境もなくパンを頬張り続けた。故にアイドルの目は封印されるべきだった。窓が滑り落ちるまでは。

備考3

そこは空き部屋です。
がらんとした空間が開けています。
始められるべき点も線もありません。
どうか名前を付けてください。
始められる全ての存在のために窓は開けられたままです。

薄明

工事現場の明かりが死んだ夜明けの道を
歩いてゆく途中で
雲は棚引き
音もなく棚引き
さっきまで居た部屋に
ストーブの匂いはうっすら漂い
冷蔵庫に貼り付けたマグネットの
感触がまだ指を這う
這うものを払い落とせぬ指を静かに

コートのポケットに差し入れ
遠い日に覚えた文字の書き方を
思い出そうとして
歩を踏む度
空気が震え
コンクリの窪みの小さな水面が震え
転化しつづける場面設定は
自明のことだと軽く笑い退けた叔父を思い出し
水面に映る　不在　という影
かつてここに長い行列が出来その中には見知った
顔もあり繰り返される密談を傍観する者はおらず
舞い上がるビニール
今　指先を感化する昨日を振り切ろうと
必死に植物の言語を解題することを思い付くが
梢は静かに空をさし

不在の部屋に置き忘れた何ものかのためにそれは
悉く追撃される

残花

投げ出されていた
雨が
地上を覆う時
傘の列が途絶え
子供たちの声は聞こえない
舗道にブレーキの跡ばかりが残り
投げ出されてゆく身体の
指先が語を取り逃してゆく
朝と呼ばれる景色を朝とばかり思った

そのように
捉えてしまった
窓枠の
朧になってゆく鳥影をなぞれずに
理論ばかりが腹を満たす
路に
鵜が佇んでいる
ぬかるんでゆく土壌の
影は疾うに掻き消され
名指されないものたちが
通過するのを見逃す朝の
のつなぎ目にほどけてゆく
何を摑もうとしたのか定かではない
指先を雨に晒し
それでも

何度でも繰り返されるであろう日は
ひたすら日を名指し
目は受け渡されてゆくだろう
目の前に映る景色をただそれと誤認するよりない
水面は頑なに語形を照らし
傍らで
呆けてゆく
見送られる路に雨水は満ち
大破する車の
もはや契るべき何ものもない窓に
だが未だ
鵜は立ち竦んでいる

熱帯夜

あの垣根の向こうには
庭があるという
浄土と異名を持つ庭には
ひとつの池があり
びたと動かぬ鯉がいるという

真夏時
通過するものは
ひたすら国道を北上する

衝突しようが
墓はない
廃棄される
身体
くさるのか
くさらないのか
くさる　と
すれば
何故くさるのか
加速する頭上を
鳥は巡り続ける
日没
外灯がともり
鯉はびたとも動かない
ラーメン屋の壁にパンダが現れ

パチンコ屋のネオンが揺らめき
眠らない眼は
やはりひたすら北へ
このまま
眠らないのか
工場地帯を過ぎ
埋め立て地はどこか
身体は埋まるか
眠りたい
眠らない
ハンドルを握る指の
どこからどこまでが身体なのか産業なのか
真昼の熱が冷めない夜に
何もない
朝が来るまで

車は加速をやめない
アウトバーンへ
鯉が笑う

7mg

パルプ工場が見える
川沿いの鉛色
特急は予断無く走り続けていた
午後4時の光がシートを赤に染め
その背面に付着する何かが剥がされた跡
（は××の余白）
「残骸ばかりを追う人生でした」

男が飲み残したライムソーダをトレイごとダストボックスへ放った夜明け前とか干からび
たコンタクトレンズを部屋の隅で見つけた真夜中とかひとり
だったことを隠蔽しようと火を付けて
燃やして
灰ごと
捨てた
散文だった
行為
それは紛れもなく

5mg

箱を開けると朝
という仕掛けだ残念だった
その白いケースの1本が導く5分とは何に換算されるというのか
夜行に乗った覚えはないからまだ覚えているのだ

背骨の辺りが線路をなぞる
単純な朝
カーテンを開けると陽が注いでしまうのはインスタントな方程式だと括ってしまいたい
深刻な手の内を明かしてみたいと嘯いて
今日は1日が余白だ
吐く息はこんなにも白く腹と背の皮がくっつくから前後ろが見えない
こんなにも馬鹿げた朝が抒情的だと生きた人間が呟くから途方に暮れる

3㎎

故に覗く窓
陽が沈みその先にも道があるのに歩けない
赤い
部屋が赤に染まる天井に
クモの糸が絡まってタールの色が眼の奥まで届かない
禁煙だ

ある者は列を成しある者ははぐれた先でプラカードを掲げ
もう始まったからには止まない運動
手と手を取り合い世界を一周するのは容易いことなのです
ドクター
白衣は茶に染まるためにあるのではないのか

1mg

とうとう来てしまった
速度が導く人生とはタバコがない人生と同じで健全です
掻きむしられる背面
レールの感触が垢になって残っているのをそっと剝がし瘡蓋を剝がすようにだ
冷静でいられる筈がないから誰か1本譲ってください
指先が抒情とやらをなぞりながら明け透けな告白に耐える耐えうる
残骸ばかりを追う人生なら
がないいっそ全て崩して更新などしないいつかのパルプ工場よ

煙は流れ
何処へ流れてゆくのかなど知らない知らないが
口内の粘着物を静かに揉みほぐしてゆく過程こそ余白と呼ぶにふさわしい

mirror

ガラスの割れた部屋に
午後の光が射し込んで
ごちそうさま
とあの子は言う

さっき血を
吐いたばかりなのに　手には
掠り傷ばかりなのに

飛行機が通過してゆく
水面
を流れる壊疽

ほしいものはありますか
（電話線が廊下へと延びて）
ほしいものはありません
（断ち切られたコードをつなぐ術を探して）
ほしかったものはありますか
（かつて在ったものたちが空へ土へ回収されて）
ほしかったものはありません
（残されたものは振り切られた手を眺めるよりなくて）
給水ポンプが転がる
がらんどう
の部屋で

血が巡っている

ごちそうさま

ほかに言葉を知らない
鮮やかな血脈を食み
映し出されるのは形のない
あの子
静かに眠っている

失語

息が零れた
葉脈を伝う影を写し取り
ふるえる先の空は
雨色

いきものの呼吸が停止して
そのために色が変わる
そのような気象現象も起こりうるだろう
霞んだ空が

うっすら水気を含んでゆく

母音をひたすら唱える幼児の上空を流れるものは
風と呼ばれ見過ごされるほどの不定型な母語
崩れ落ちそうな空を前に
かつてここを通過したものと擦れ違う
懐かしい音色を話すその人はもう
細身の骨すら持たない

影が伸びる先から雨になってゆく朝の
母語もまたフォルムを歪め
空が色を変えてゆく
遠くなってゆく

風が吹き抜ければ

違えた視線が突き放され
そよぐ葉
朝に雨が降ったことも忘れ
夕には傘を手放してしまう無頓着さで
無形の呼気を繰り返している

行方

誰を待っているのか
無人の部屋は
橋の向こうにくっきりと分かれ
影すらも及ばない
閉めそびれたカーテンの隙を縫い
射し込む陽に晒され
埃すら舞わない
塗装の剝げた戸棚ドレッサーばら撒かれた積木
それら残されたものから

想像に難くない
家族構成を白紙の上に乗せ
あらゆる線を引いてはみるが
所詮白紙とは想像の産物だと思い知らされる午後の
線路が伸びる　先の
シベリア
切り落とされた豚の頭部の血が滴らない
ほどの極寒
その断層の先の
等高線
ナチスに追われ身をくらませた
ルートを指でなぞり
歴史に葬る　めまい
帰らない家人を待つ部屋は
しかし何を待つ根拠もなく

そこに置かれ　そことは認識
あるいは白紙と置き換えられる午後の
理不尽さも
不服もない
見慣れた都市の
いつかは断層に埋まる
白紙など
燃やしてしまえば
何の気配もない

after

一台の寝台が冷えてゆく過程
空地は待っていた
差し伸べる手に雨
首を傾げるマネキンは従者を装う
目をして
そんな目つきをして
倒れた
いつかの暗殺シーンを映したブラウン管も
通過するヘッドライトに晒されるだけの

閑散とした部屋
スクリーンにいきいきとした子供たちの声が戯れ
それもまた記憶だと断ち切ってゆく空の
輪郭すら捉えられない
向こうから
アメリカが来たんだ
くぐもる声の先に滑舌のよい舌を隠し切れない
まだ生きているという
いつかは裏切られる主体の
アスファルトが濡れ冷えてゆく身体を
横たえる
そこは充足の場かかつて分かり合えたはずの
ゆりかごに汚泥が溜まってゆく
今日もまた鉄屑が投下された
空地に

ずり落ちてゆく
身体を投棄する寝台が傾いてなお
ハローとだけ呟いている

in the movie

雨の日は
紙を捲る
指と指を絡め　折りかえしては
ビスケットがしけってゆく
古いビデオデッキに図書館のビデオテープを
差し込んでゆく過程は見過ごされるように過ぎ
埃がひたすら舞い上がっては
磨りガラス越しの光を浴びた
車中のこもった熱を吸うように

映画は映し出され
同じ言葉を何度も呟く男の
数多の目に晒され手垢まみれのフィルムの
ノイズから濡れそぼつ雨は
排水溝を流れ続ける
床を這う指先の感触が
埃を絡め取っては文字の名残を追う過程は
記憶の底辺をなぞる過程で
止まない雨が
浸入スル
路上に駐められた車中で紫煙を燻らす男の
肩先から静かにほつれ
カーステレオから流れるうたの意味は分からず
朧気な発音にほどけてゆく
部屋の洗濯物は湿り気を帯びたまま

舌を溶かすインスタントコーヒーの匂いが立ち
磨りガラスから侵入する雨の音に
掻き消される耳管
視線は水面に跳ね返りを繰り返し
麻痺する腕で男はギアを入れる
その先は映されない
目の縁からノイズになってゆく

a silent film

燃えてゆくフィルムの内側で
仮定は消去されている
雨の残像
をつねに孕んでいる瞼に光は
窓の外から斜交いに射し境界線を査定する
その度に痞える胸から吐き出される抒情が悩ましく
それ以来
ものを食わない
水槽に

稚魚が戯れている
椅子に腰掛け虚構に虚構を重ねてゆく
食卓にスープのようなものを滴らせ月光と名付ける
左目が
ほつれてゆくから曖昧になる記憶のさなかで波に溺れた
例えば
右目は内実を捉えたまま
窓の外へ出たいと渇望する
とすれば
いくらか生きるすべもあったのだ
溺れてゆく
ピンボケさえも隠蔽されたまま
静かに灰になってゆく

flow

見上げると花があり、空へ手向けられたそれは水面に反転される。ふるえると劣化する。舌はほどけて何の発音も適わなかった。映写機が映し出す顚末。散らばったガラスをラバーソールで蹴散らす。どんなに高く見積もっても絶望に到らない悲しみの、やがて手はつながれていくだろう。落胆する。花は虹彩を彩っている。角度によって色を変えていくことは自明のことのようにも思え、しかし、いざとなれば色を指定されてしまう、先から花は散るだろう。空には雲ひとつないということが、地表の花柄を際立たせている。スカートが揺れている。揺れるということが、俯瞰する目にさざなみを与えてしまう。このとき花びらは逃走あるいは追跡の体を取るであろう。いずれ名指されてしまう、という諦めにも似た浮遊の中で、無様に踊る。がゆえにシステムの中で青春は鬱陶しくいられた。このさい着地の体は重要ではなく、浮遊を閲覧するリビングである。目の中にさざなみは押し寄せていたから、正方形の水槽もテレビも跡形もない。スクリーンの白だけが明白だった。つまり、まなざしだけが待望された。遺影である。その先に海があるということが筋書きの徹底的な根拠となった。そこへ辿り着くために、穴を掘ることが黙認される。その際、穴を掘る手つきは静謐であることが求められたが、発掘なのか、埋葬なのかは厭わない。知らないまなざしへ身を晒すということが渇望される。ということは、確かなフォルムが入り用となり、ゆえにテクストに文字はある。という儀式である。白無垢の花嫁はシステムを横断し続ける。振り返れば、幼い日に遊んだ海水浴場跡があり、跡ということは、思い出の中だけにそれが確認されるということだ。映写機のフィルムが回転している。回収された目は如何様にも改ざん可能と思われ、実際それは適わない黒点である。いかなる背景も脱ぎ捨てて抜き出てしまう花嫁の、思い出は反転というパラダイムを逃れ続けるだろう。明確な他者のまなざしが添えられるということが、新たな産声を生む。その補助線としての婚礼である。リビングに花は飾られ、間取りは団地サイズのそれとあたかも決められてあるかのように振る舞う。物語はここから始められるとする。窓を開ければ、さやかに風も吹くだろう。花びらが揺れるということは、ここではさほど重要ではない。アルバムをめくるという行為の中に思い出はひた隠される。めくるということが目を逸らすことに加担し、やはり花嫁は浮き出ている。つまりは浮遊の体である。羨望のまなざしを一身に受ける季節は春と仮定して、永遠に名付け得ない、の代理として子は最初からあるもののように名付けられるだろう。平凡なリビング。婚礼は通過儀礼としてあるのではなく、永遠の乖離であるということがこの間取りから見て取れる。窓の外に赤茶けた土はまざまざと季節を語ることなくブルーシートに覆われ、それは新たな地滑りの予兆としてあるだろう。花嫁は文字を持たない。花嫁はすべての境としてある。物語構造へと言語を回収する引き込み線であると同時に永遠に帰らぬ花びらを見送るスクリーンとしてある。

焦がれていく家

カーテンは揺らめいてあり、なおも海は渇望されるから、子がシャベルで土を掘るベランダのダリアが揺れる夏としよう。眩しい。太陽を凝視すると黒点が現れるから目がつぶされていく夏でもある。焦がれるということが、花嫁を遠く押しやっていく。日焼けするスクリーンという粗悪なテクストに繁茂する植物の影が侵入しては、妻である。葉は焦がれてなおそよいでいる。この時の妻の定義がむずかしい。ひとつ、徹底的に他者に見られる身体である、というシステムとする。このことが絶対的な他者を結ぶ目を呼び、呼ばれた目が新たな他者と目を結ぶ。盂蘭盆である。香煙が棚引き、ふと目を合わす猫は背景としてそこにあり、つまり妻であることを問われない身体である。婿にも代替可能な文体と言ってもいい。他者へ手を合わすということが、背景を削ぎ落としていく。黒点だけが見ることを要請する。穴は掘られたまま、海岸線は遠くあるだろう。思い出はなお伏せられている。シャッターを切る手前に目論まれた文体はまぶしさに埋葬され、再び花嫁が想起される。それが思い出となる。はてまたブルーシートが棚引く。その青が反転する空の水面であり、めくられるアルバムに注がれる目を取り逃がす。思い出はそう名指される限りに於いて輪郭を担保しない。ゆえに窓は開け放たれている。映写機のフィルムが反語としての白を投影する、あるいは白紙が置かれている。何も書かれ得ないということ、すなわちダリアが揺れている。揺れていることを捉えた途端に律動が加速し、名辞以前の雨が降る夕刻となる。鬱陶しさだけが驟雨となって押し寄せ、戸が閉められていく。あんなにも焦がれた葉が一斉に落ちてしまえば、束の間耐えればよかった夕立の季節はやがて長雨の季節へ移行するだろう。文体は崩れ落ち、その余波の回避策として水面に映る窓は閉ざされる。窓越しの子の位置を気にされたい。未だ言語を獲得していない。

傾ぐ花

未明。未だ生まれないことが思い出と同義になる。その反語としての遺影を頑ななフォルムとして窓は閉ざされている。ここに家は成立する。人気のない人家が立ち並ぶ路を抜けると、高架橋を背に巨大な団地群が現れる。連立するコンクリート壁に瓦屋根はなく、どこまでも積み重なるという錯誤が垂れ込める雲を際立たせている。並べ立てられる窓に映る空は文字の体をして、水を垂らす要領で舌が項垂れていくのを切り花の様に重ねてはその傾ぐラインをなぞる過程を秋とする。初めて覚えた言葉はおそらく、ママ、ありきたりな、あなたはシャベルで掘る土の穴へとたやすく球根を埋めていった。手際よく並べる姿態に見惚れては、やがて花となり散ることを教わった。ここは海から離れているから、水面は見下ろせるほどの輪郭しか持たない。手狭な間取り。狭い土地に積み上げていく窓に全てを放り込むより生きていく術がないから草陰から抒情が沸き立つ。空気は湿り気を帯びている。水面に張られた油膜。大方ガソリンに違いないそれらが風に揺れる度、虹色を発するのに見惚れてしまう途方もなく安堵していく先にコンビニの灯りが見え、この土地の形骸が仄暗く浮かんで来る。張り巡らされた有刺鉄線が不可侵を告げる団地群の不在票は永遠に物語の終焉を拒む。廃墟が眩い光に晒されている。フェンスの向こう側に花が揺れているのは、植物だけが侵入を許されている思い出だからだ。いっそ全てを覆ってしまえば、楽になれる。ブルーシートが風に揺れている。かつてここに暮らしたことがあった、と記すテクストがあり、記されることにより不可侵となる廃墟に日は注いでいる以上黒点がある。そこからしか始められないまさにその一点が花びらをつなぎ止めるとするならば、浮遊とはあらゆる積み重なりの末尾としてあり、文書が紐解かれていくこととなる。なってしまう、としての廃墟を墓碑として、連鎖の果ての連鎖、の果ての海もまた全ての始まりとしてあるだろう。海岸線まで道は続いている。道はアスファルトに覆われ、覆われるということが滞る舌として幼い言語をひけらかしていく。うたをうたうことさえままならず、畢竟、長雨には耐えられない。自動車が暴走するあれは流暢な異国の言語でカーブを曲がり切れずにスリップしていく。窄める舌の向こうには断崖があり、一気に転げ落ちていく呼気の折り返し地点より裏返していく先から伸びる葉を刈り落とすことも厭わない路上である。つまり、ママという発語が輪郭を晒した途端に留まることを要請された身体である。郊外である。飯事である。いつまでも埋葬されない身体があり、ブルーシートが風に揺れている、揺れている、

line

手放した所有が誰にも引き渡されずそこにある。「それはわたしの身体です」と手を切った紙が舞うダンスフロアでダンスミュージックを聴いている。誰も踊らないのは誰の気配もないからだろう。抒情にまみれた身体が投げ出されている。ドリンクチケットをミネラルウォーターと引き換え、冷えていないその温度を飲む。喉に水が流れる。メロディラインが泣ける、と手を振って別れていく身体を電車に乗せ郊外で眠る。注釈があればよかっ

た。空はよく晴れている。あの日、髪を切ろうと思っていた。トリートメントを切らしていた。帰りにコンビニに寄ってついでに何か買おうと思っていた。何もない。公園で遊んでいた。砂場で穴を掘った。見上げると海岸線が臨める海浜公園の思い出だった。ライターで火を点ける。フィルムが回っている。フィルムの中の目は誰のまなざしにふれるか分からないその一点で頑なに黙秘を続け、背景が抜け落ちていく、のつなぎ目としてあり、そこから浮遊する末尾を引き出す。勘定を見積もる。無人のATMを目撃するそれだけで加担している何事かがあり、公園の片隅の灰皿があるうちは嘯いていられた。煙が上がる。浮遊する。その起点としての身体があり、身体はあらゆるものを享受しているという事後によって浮遊しない。泣ける。の嘲笑もまた嘲笑を呼ぶだろう。灰皿を求めコンビニへ行くあらゆる経路が加担という事後を呼ぶ。泣ける。ミネラルウォーターを飲む。重力に従順である水脈をなぞる目は傾ぐペットボトルの先の空へと容易に転換してしまう。その時の垂直から水平へ解体される文字の強度を裏打ちするものを勘定に盛り込む。引き落としは月末である。いつまでも滞納される家賃の部屋の所有者は未だ見つからず、空き部屋である。煙草を吸う。見上げる先の窓を覆う何ものもなく、窓枠はその名の通り文字に違いない。そこからの浮遊のみが思い出となり、身体は抒情を回収しない起首としてある。さて。指先が凍てつくばかりで定義のない冬としよう。空はよく晴れている。凍てつくということが輪郭を露わにし、ぎこちない姿態が予兆としてのフィルムを呼び寄せている。つまり身体は未だ所有されている。乾いた空気に油断して薄底の靴で歩く路を曲がるとたちまち土は湿り気を帯び始め、文書を紐解くこととなる。俄かに雪も舞い始めるだろう。紙と見紛う文字は重さを失い路を白く覆っていく。花嫁が通過しようとしている。路の隅には側溝があり注釈である。雨が鬱陶しく思われたのは側溝のないアスファルトあるいは一滴の重力に耐えられないまなざしのせいで、シャツ越しに濡れていた身体は案外持ちこたえている。それだけで生きていけると嘯いて新たな婚礼は待望される。され得るということが、居を構える郊外である。婚姻届の受理は棄却と同義となり、予兆としての身体を電車に乗せ辿り着く郊外の土地区画は新たな勘定を必要とするだろう。廃墟の跡形もない。あの日、ダンスミュージックが聴こえていた。髪を切ろうと思っていた。コンビニでバージニア・エスを買う。海岸線は遠く、煙草の煙が目に染みた。泣ける。フィルムが回っていた。思い出だった。舞い上がる雪は花びらとも見紛われ、着地しない様を記録するフィルムの捉えきれない残像をなぞる。なぞることが花嫁の通過を呼び、春の到来がひたすら願われることが新たな儀礼を呼ぶだろう。電車は郊外へ走る。走る先から降る雪はやわらかな土の上にスクリーンとなる。反転する空の、発語できない白として、つまり、冬の定義はここにはじまる。

沸点

こわれている
人体模型が転がるよう
に見えるのは
捉える虹彩の
わずかな破傷のせいで
白だけが塗りたくられている
鉄骨の強度は
保たれた秩序
差し込む光は指先に

一定の温度を与え
文字が飽和するには未だ
生温い真昼間の
窓ガラスに反射する光と
外からの光が交差する
先から崩れ落ちそうな視線があり
植物が揺れるということは
風が吹いているのか
言語が揺れているのか
わずかな震えが換気扇に巻き込まれるとき
こぼれるインクの
重なりを見誤った
雨と呼ぶには拙い
水が滴り落ちてゆく
古いペン先を伝い古びた言語が滲んでゆくそれは

いつかの約束の棄却
排他的な空は目の前にあり
こわれているのはこの身と分かる指先の
ぬくんだ先から
熱は放たれてゆく
息を吐く前のほつれた言語を伝い
の先の水の音の
発音さえままならない
強固な部屋がほどかれていく

朝

窓から陽が射し映し出される壁が
白い　朝の
鶏が鳴く
影は見当たらず
葉が数枚音を立てては落ちる
その影が
窓越しに確認されては
あらゆるものが見落とされてゆく
白い壁の

蟻が伝うこともない
ひたすら白と誤認される壁の
色は解き明かされることもなく
遠く
ヘリコプターがゆく
ピアノの音が聞こえる
それらは例え階段を下ろうとも
色は付されない
ひたすら遠くにある
銃声は聞こえない
エルサレムの
シリアの
その先の
空は青いか
さえも分からない

指先で軽くキーをなぞり
発音すらも分からなくなる
白
となぞる壁に
陽は角度を変え
カーテンが僅かに揺れる造形を捉え
た途端に突き放してゆく

out

なだれ込む光はただそれとして
余剰の部屋を映し出し
畳の目が在ったものの形のままに窪んでいる
どこにも添付した覚えのない
記録が零れるように
捲れ上がるクロス
黒ずんだ壁と錆び付いたシンク干上がった床
据え付けられた家具が取り払われ
抜け殻となった部屋に

何の痕跡かは分かる
立ち去る者がこの身である以上
経緯はあからさまに
形骸化した日常の
しかし
所有しない者にとっては
染みとしか名指し得ないであろう
が確かに
痕跡として明示される
気配を
誰がぬぐうか
朝の空気が
窓の隙から
取り置かれるカーテンを揺らしては
部屋の空気をかき交ぜてゆく

このまま廃墟となるならば
それとして朽ちてゆくだけだろうに
開かれたドアから
通路を作ってゆく
閉じることは許されない
明け渡す所有に
体裁は整えられなければならない
やがて来る者のために
染みは取り払われるだろう

ハルノウタ

雨の向こうにテニスコートが見える
認識を照らす春の
鈍い光が雨と雨の隙を照らして
指先を露わにする午後の
学生のひとりも通過しない
コンクリートが黒に染まり
屋根の下にいるのだと気付いた
水の音が聞こえる
それは

かつて編まれた無数のうたか
聞こえるはずもなかった
つながらない言語を口内で噛みつぶす仕草さえ
落とされる影に紛れたはずの
それは空気を震わせ
聞こえるか
身を横たえ痩せ細る時間の傍らにも
陽は射し
雨粒の影が落ち
だが濡れることから免れていた
息を弾ませ
窓の向こう
テニスコートが見える
雨ざらしの
それは聞こえるか

指と指の隙間から
震え
こぼれてゆく影の
足音が聞こえるか

雨を待つ

開示を待つ指先の傍らに
死は静かに寝そべっている
部屋
肉感のないソファから眺める
眺めることの出来る窓には朝焼けが広がり
待たれているのは雨と錯覚したい
カーテンが
ただひたすらに揺れ
揺れる

とは
丘陵線が曖昧になる夏と捉え
捉えることが出来るとして
屋根の下ではひたすら密談が繰り返される
指先から繰り出される無意識が床を滑り泳ぐ
「悲しい」
と発語されるたび薄皮一枚剝がれそのたびに
「おまえは未来を生きるのだ」
窓に鳥が過ぎるのが確認された
ラジオから零れ続ける音楽が観葉植物にまとわりつき
待望される雨だけがそれを消しうるだろう
対象は黙認されず
手中に収める手だてがあるうちは構わないが
なおもカーテンは揺れるのだから
陽が傾く

やがて
部屋は静かに水浸しになるだろう

白日窓《はくじつそう》

著者　一方井亜稀《いっかたいあき》
発行者　小田久郎
発行所　株式会社思潮社
〒一六二―〇八四二　東京都新宿区市谷砂土原町三―十五
電話〇三（三二六七）八一五三（営業）・八一四一（編集）
ＦＡＸ〇三（三二六七）八一四二
印刷　三報社印刷
発行日　二〇一四年七月二十五日